衛斯理系列 少年版 23
地圖

下

作者：衛斯理
文字整理：耿啟文
繪畫：鄺志德

U0164511

老少咸宜的新作

　　寫了幾十年的小說，從來沒想過讀者的年齡層，直到出版社提出可以有少年版，才猛然省起，讀者年齡不同，對文字的理解和接受能力，也有所不同，確然可以將少年作特定對象而寫作。然本人年邁力衰，且不是所長，就由出版社籌劃。經蘇惠良老總精心處理，少年版面世。讀畢，大是嘆服，豈止少年，直頭老少咸宜，舊文新生，妙不可言，樂為之序。

倪匡　2018.10.11　香港

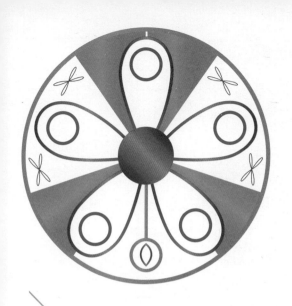

第十一章	一夜消失的池塘	05
第十二章	阮耀驚人的行動	19
第十三章	一場怪火	32
第十四章	意外逃生	45
第十五章	地底深洞	59
第十六章	突然消失	73
第十七章	陷入無邊黑暗之中	84
第十八章	逃出生天	97
第十九章	洞底所見	110
第二十章	真相只能推測	126
案件調查輔助檔案		137

主要登場角色

樂生博士

阮耀

衛斯理

羅洛

傑克

第十一章

一夜消失的池塘

關於那幅地圖，我們目前所知的事情，我嘗試歸納一下，寫在紙上。

（一）大探險家羅洛，把阮家花園繪製成一幅1：400的 探險 地圖 ，將一片地方塗上金色，那位置正是一座亭子的亭基，並在其周圍若干處地方，註上了 危險記號 。

5

（二）在地圖上註有危險記號之處，表面看來平平無奇，但是當人站在該處，會有向下發掘的**衝動**，而且一旦觸動了該處，就會神秘致死。

（三）羅洛可能是根據阮耀曾祖的日記內容，繪製成這幅 **神秘的** 地圖。

（四）阮耀的曾祖，生前曾遇到一件極奇怪、不可思議的事，這件事的真相已不可知，因為相關的二十幾頁日記已被人**撕去**，而撕去日記的人極可能是羅洛，只知道這件神秘事件與一個名字叫「**慧**」的人有關。

（五）這件神秘的事，使阮耀的曾祖突然致富。

我寫下了這五點之後，給阮耀和樂生博士兩人看看，問道：「你們有異議麼？」

他們都搖頭：「沒有。」

「我們雖然已發現了**這五點**，但是對了解整件事，仍然沒有幫助，因為我們不解的問題還不止五個，我再將它們寫下來。」我又一面說，一面將問題寫下來。

問題一：羅洛繪製這幅神秘地圖的用意何在？

問題二：為什麼看來絕無危險之處，卻蘊藏着令人死亡的**危險**？

問題三：使人和狗神秘死亡的**力量**是什麼？

問題四：阮耀曾祖父當年所遭遇到的不可思議事件是什麼？

問題五：「慧」是什麼人？

問題六：阮耀曾祖父何以在那件事之後突然**暴富**？

當我寫到「問題七」的時候，阮耀插口道：「其實，千個萬個問題，拼起來**只有一個**，為什麼在地圖上，塗着一塊金色？」

我將這個問題寫了下來，「是的，這是一個根本問題，解決這個問題最簡單直接的方法，就是將那個亭基拆除，*挖掘*下去，看看究竟有些什麼。」

樂生博士苦笑道：「誰不知道這是最直截了當的做法，可是這樣做，會有什麼**後 果**？」

我也苦笑着，「唐教授死了，一頭壯得像牛一樣的狗也死了，如果我們**輕舉妄動**的話，難保⋯⋯」

9

阮耀有點氣急敗壞，「最直截了當的方法不能實行，轉彎抹角又不會有結果，我看我快要瘋了，該死的羅洛！」

他又說：「我們做朋友做得太好了，羅洛臨死時的古怪囑咐，如果我們根本不聽，那麼在他的遺物之中，一定可以找出答案來！」

樂生博士苦笑道：「話也可以反轉來說，如果我們完全依羅洛的話去做，不留下那幅地圖，那麼，也就什麼事都沒有了！」

我揮着手，「現在說這些話已沒有意義，我想，那個『慧』既然在日記中多番出現，說不定他和阮家還有其他書信來往，我們詳細找一找。」

我們將鐵櫃中的 ✉ *信* 全部取了出來，然後一封一封地看。

我們在地下室中，不知看了多久，樂生博士突然叫道：「看看這張 便條！」

我和阮耀連忙湊過頭去，樂生博士手中拿着的字條又黃又脆，上面的字很 *潦草*，但我們還是認得出來，署名赫然是一個「慧」字。

字條寫着：「**勤公如握，弟遇一極不可解之事，日內當造訪告之，望勿對外人提起。弟世居吳家村，該地有一大塘，為弟祖產也，竟然於一夕之間不見，世事奇者甚矣，未見若此者也，餘面談。**」

11

這張字條雖然簡單，但對我們來説，已是重大無比的

發現！

首先，我們知道這個「慧」，是世居在吳家村的，那麼，他極有可能姓吳，我們不妨假定他是吳慧先生。

第二，我們知道了那件所謂怪事，是吳家村裏，屬於吳慧先生的一個大塘，在一夕之間消失不見。這確實奇怪，一個很大的 **池塘**，怎麼會一夕之間不見了呢？

而且巧合的是，阮耀家所在的地方，很久以前就叫「吳家塘」，所以外面那條公路也叫「吳家塘路」。

我不禁叫了出來：「阮耀，這裏的地名，叫吳家塘。」

阮耀 **神情凝重**，「是。」

我又説：「我想，這裏不是你們的祖居，你看這張字條的封套外寫着『請送 **獅山坳** 阮勤先生大啟』。」

「我曾祖父可能是發了大財之後，才買下這一大片土地。」阮耀説。

我皺着眉，「這裏附近，並沒有一個很大的塘。」

樂生博士也很疑惑，「字條上説，那個大塘在一夕之間消失了。」

我的思緒很亂，想不明白那是什麼意思，但突然靈光一閃，我想到了，大聲説：「你們知道，一個大塘忽然消失是什麼意思嗎？不單是池塘中的水不見了，而是整個池塘也變成了一大片平地！」

樂生博士和阮耀面面相覷，覺得我的説法很荒誕，可是又不無道理，因為「慧」一直也強調那是一件非常不可思議的怪事。

我忽然想到說：「那一個書櫃中，不是藏着很多 **縣志** 麼？拿縣志來查，快！」

我們三人立時從書櫃中搬出許多縣志來，有的殘舊不堪，有的還相當新，全是吳家塘所在縣的縣志。

我們略翻了一翻，就發現本縣的縣志，有着截然不同的兩個版本。一個還是 **清朝嘉慶年間** 所刻的，另一部則刻在約百年前。

我們先翻那部舊的，果然找到了「吳家塘」，不論從文字，還是從簡單的圖來看，那是一個極大的池塘。

阮耀看了後，雙眼發直，「這個大池塘……它的大小、**形狀**，正好和我這幅地相仿！」

我又翻那部新刻的縣志，發現吳家塘已經沒有了，但是還保留着名字，而且旁邊特別註明：「地為本縣首富阮勤所有，阮公樂善好施……」

我抬起頭來，「看到沒有，這位阮勤先生，在 $發財$ 之後，一定出錢重刻了縣志，漸漸就沒有人知道這一大片土地原來是一個池塘，而且池塘還是在一夜之間消失的。」

阮耀有點生氣，「你意思是我曾祖父在刻意 瞞騙 大眾嗎？」

我冷靜平和地說：「阮耀，那張字條上寫得明明白白，吳家塘是吳慧的 $祖產$，大塘忽然消失，變成了一片土地，這片土地自然是屬於吳慧所有，可是，從你曾祖那一代起，卻成為了你們阮家的產業。」

阮耀冷笑着，「那有什麼值得奇怪的，我曾祖父向那個吳慧買下了這塊地。」

樂生博士看出我和阮耀之間的 氣氛 不怎麼對頭，連忙說：「我們好像離題愈來愈遠了，我們要研究的是，人和

狗都神秘死亡的原因，還有那地圖上的金色代表什麼，而不是研究阮家的**發迹史**。」

我嘆了一口氣，拍了拍阮耀的肩頭，「別介意，不論當年發生過什麼事，事情已經過去了**一百多年**，沒有人要追究什麼。」

阮耀當時的面色很陰森，但我實在是太疲倦了，所以沒有太在意。我一面打着呵欠，一面說：「我們也該休息一下了。」

「是啊，天該亮了吧！」樂生博士也打着呵欠，看了看**手表**🕐，大叫起來：「不得了，已經十點鐘了！」

「嗯，你們先回家休息吧。」阮耀送我們離開，沒有多說什麼。

　　而我和樂生博士都沒有察覺到，阮耀心中已經下了一個 。

第十二章

阮耀驚人的行動

　　我回到家裏後，舒舒服服地洗了一個熱水澡，然後一覺睡到夕陽■西下才醒。

　　一醒來，我腦海裏又不由自主地想起吳家塘一夜消失的那件怪事。我拿起**手機**📱打電話給阮耀，看看他有沒有理出什麼頭緒來。

只聽到他那邊十分吵，不斷傳來「軋軋」的聲響，使我不得不提高聲音：「阮耀，你已經睡醒了麼？」

阮耀大聲説：「**我沒有睡過！**」

他那邊實在太吵了，我又大聲問：「你那邊怎麼了，在幹什麼？」

阮耀卻笑道：「你猜猜看。」

我不禁有點生氣，光想那地圖的事已經夠累了，還要我猜什麼鬼東西！

可是我立即就猜到了，不禁**大吃一驚**説：「阮耀，你不會真的去把那亭基掘出來吧？」

阮耀笑道：「這是找出真相最直截了當的方法，我已經僱了很多**工人**，工作好幾個小時了。第一層亭基已被完全移開，下面是一層

花崗石，也被移去了一半，再下面，好像還是一層花崗石，**你要不要來看看？**」

我深深地吸了一口氣，「當然來，我和樂生博士一起來！」

我立刻聯絡樂生博士，隨即出發，幾乎同時到達阮耀家門口。進去後，馬上聽到了風鎬的「軋軋」聲，就像進入了一個修馬路的**工地**一樣。

　　阮耀一看到我們，高興地走過來，我卻着急地叫道：「阮耀，**快停止！**」

　　阮耀呆了一呆，說：「停止？你看看，如果會有什麼不堪設想的後果，現在停止也已經**太遲了**！」

　　他一面說，一面指向那亭基的位置。

　　亭基是由 **大石** 組成的，這時我看到一大塊一大塊被掘起來的大石，堆在一旁，約有十來個工人，滿頭大汗地工作着，風鎬聲震耳欲聾。

　　亭基已完全給移去了，在水泥下面，是許多塊**方形的花崗石**，已有十幾二十塊被掘了起來。

　　可是，在第一層的 **花崗石** 被掘起之後，可以看到，下面的一層，仍然是同樣大小的花崗石。

　　這時工人正在用風鎬鑽動第二層花崗石，我連忙勸道：「還來得及的，阮耀，現在停止，還來得及！」

「為什麼要停止？」阮耀反問。

「你忘記了嗎？光是掀開石板，就令唐月海**死**了！」我說。

阮耀反駁道：「可是，這裏只是塗上金色，並沒有危險記號，而且，我們已經幹了大半天，什麼意外也沒有發生。」

這時候，工人向他 **報告** ：「阮先生，下面還有一層。」

阮耀、樂生博士和我連忙上前看看，發現在第二層的一塊花崗石被吊起來之後，下面仍然是一層同樣的花崗石。

阮耀皺了皺眉，吩咐道：「不要緊，你們一直掘下去，我供膳宿，工資照你們平時工作的 **十倍**！」

十幾個工人一聽得阮耀這樣說，齊聲**歡呼**，各自起勁地工作着。

我沒有再說什麼，阮耀也有他的道理，地圖上這處地方只是塗上金色，並沒有**危險記號**，或許真的沒有危險，但願如此。

阮耀很起勁地在督工，沒多久，天就黑了，這裏早已拉上了**燈**，工人分兩批輪班工作。

第一層**花崗石**已全掘出來，第二層也掘了一大半，第三層也有兩塊花崗石被吊了起來。

在第三層之下，仍然是一層花崗石。

阮耀「哼」地一聲：「哪怕你有**一百層**，我也一定要掘到底！」

他又望着我們，「我很倦，要去休息一下，你們在這裏看着，一有發現就來叫我吧。」

阮耀走了，我和樂生博士看着工人工作。

到了**午夜時分**，第二層花崗石已全部起完，第三層起了一大半，第四層也起出了幾塊，在第四層之下，仍然是一層花崗石。

工人一面工作，一面 **議論紛紛** ，在猜測下面究竟有些什麼。

這時候，阮耀又回來了，雙眼中的紅絲更多，我問：「你怎麼又來了？」

阮耀 **一臉無奈** ，「我哪裏睡得着？這裏的情形怎麼樣？」

他往下一看，皺着眉，「又是一層！」

　　我點了點頭，「到現在為止已經發現 五層 了，我敢
說，在第五層花崗石之下，又有另一層！」

　　樂生博士說：「為了造一座亭子而奠上那麼多層基
石，實在是 小題**大做**。」

　　我搖了搖頭，「這些石層顯然不是為上面的亭子而造
的，我相信，在花崗石下，一定有着什麼*離奇*的東西。」

阮耀堅決道：「好，那就一直掘下去，不掘到最後，是不會得到結果的！」

但樂生博士**嘆**了一聲，「有可能掘到最後，一樣不知道結果。」

「就算最後什麼也沒有發現，也是一個結果，而且是一個很好的結果，至少可以還**我家花園**🏠一個清白。」阮耀說。

我知道他很介懷自己家族的**聲譽**，我輕拍他的肩，勸慰道：「對，一直掘下去，必然可以掘出一個結果來。不過，一層層的花崗石，不知道有多少層，看來不是兩三天內能完成，你必須休息，我們也要**休息**了。」

阮耀以充了血的雙眼望着我，「我知道我需要休息，但是我睡不着，有什麼辦法？」

「很簡單，召醫生來，替你注射鎮靜劑，使你安然**入睡** ^z^z。」

「好的。」

難得阮耀終於有一件事肯聽我的意見，我立刻打電話請來一位醫生，替他注射了鎮靜劑，看着他躺在**沙發**上睡着了，我們才離開。

我們估計，阮耀這一覺至少可以睡八小時，我和樂生博士也分別回家，明天早上再來也不遲。

回到家裏，其實我和阮耀一樣，哪有這麼容易睡得着？滿腦還是想着整件事情。特別是那座亭子的亭基之下，竟有着那麼多層鋪得整整齊齊的花崗石，究竟是為了什麼？花崗石之下又埋藏了什麼**秘密**？

　　阮耀僱了那麼多工人，使用了**現代的**機械，要將那一層又一層鋪得結結實實的花崗石掘起來，尚且要費那麼大的勁。可知當年，在地上掘一個大坑，一層又一層將花崗石鋪上去，是一項多麼巨大的工程。

　　這項工程是由阮耀的曾祖父主持的嗎？

　　我又想起，阮耀說過，他的祖父幾乎將一生的時間，全消磨在他們的家庭圖書館中。那麼，阮耀曾祖父的日記中，如今被撕去的那些部分，阮耀的祖父一定曾經看過其內容，知道整件事的**秘密**。

　　一想到這裏，我就直跳了起來，因為我們在阮家的家庭圖書館時，只顧着翻閱阮耀曾祖父的日記、信札和縣志，卻忽略了阮耀祖父的**日記**裏，或許也留下了重要的資訊！

第十三章

一場怪火

　　阮耀的祖父如果曾看過那些被撕走的日記，定會知道那件神秘事情的 **來龍去脈**，那麼，他極有可能也在自己的日記上留下什麼感想來。

　　一想到這一點，我就 **興奮不已**，雖然阮耀一直掘下去，是找出答案最直接的辦法，但是要了解整個神秘事件的來龍去脈，還是非從資料上去 **查究** 不可。

　　我們三個人忽略了阮耀祖父的日記、手札等資料，實在是太大意了。我十分着急要彌補這個疏忽，匆匆換掉

睡衣，又趕去阮耀家。就算阮耀還在睡也不要緊，阮家的僕人都認識我，見過主人帶我進入那個家庭圖書館，如果我打開 **密** **碼** **鎖** 進去查找資料，他們一定會認為是主人授意的，不會阻攔。

這時已經過了午夜時分，街道上很靜，我駕着🚗**車**，直向阮家駛去。

當駛上通向阮家的那條大路時，我隱約看到前面有**烈焰**和濃煙冒起，大感不妙，連忙加快速度前去。

阮耀家**失火**了！

多輛消防車和警車停泊在阮家的私人土地上，警員和消防員在忙碌地工作，我看到了起火的位置，正是那座家庭圖書館。

我跳下車奔過去，兩名警員攔住了我，我焦急道：「我是主人的朋友，有緊急的事情，*讓我進去！*」

　　我一面説，一面看到兩個僕人和一名高級警官走了出來，我叫着那兩個僕人的名字，問：「阮先生醒來沒有？」

　　那僕人一看到我，就抹着汗，「好了，衛先生來了。阮先生還在睡，唉，這怎麼辦？」

　　那兩個警員看到了這情形，就放我進去，我直奔向家庭圖書館，一把拉住負責指揮救火工作的 **消防官員**，着急地説：「這屋子裏有極重要的東西，我要進去弄出來！」

　　那消防官員望着我，「你也看到這情況吧，沒有人可以進去！」

　　我不理他的警告，奔向一輛消防車，拉出了一套衣服來，迅速穿上，在一個消防員的頭上搶下了 **鋼盔**，又抓起了一副防煙面具，就向圖書館直奔過去。

　　「你瘋了嗎！快回來！」消防員紛紛 **喝止** 我的行動。

　　我一衝進門，發現火是從下面燒起來的，我冒着濃煙，奔到樓梯口。只見整條 樓梯 已全是火，我根本無法向下走。

　　我嘗試看清楚下面的情形，可是一大股濃煙直衝了上來，使我眼前一片漆黑。我雖然戴着防煙面具，卻依然忍受不住，感到極度 昏眩 ，身子向前一傾，幾乎直栽了下去！

　　幸好在 千鈞一髮 之間，有人從後抓住了我，將我硬抱了出去！

　　我被拖出了 火窟 ，神志居然還清醒，我看到，將我拖出來的，

正是剛才阻止我進去的那位消防官，和另一個消防員。

我除下了**防煙面具** ，望着那急促地喘着氣的消防官苦笑，一時之間，連一句感激他的話都説不出來。

而這時候，「＼轟／」的一聲，整個建築物的屋頂都塌下來了。

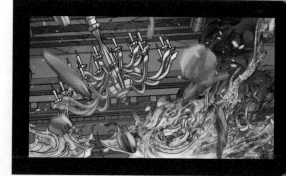

我們離建築物很近，真覺得驚天動地，消防官立刻拉着我跑開了十幾碼，我才喘着氣説：「謝謝你，幸虧有你，不然我一定死了！」

消防官只瞪 了我一眼，就不理我，轉過身去，繼續指揮救火。又有幾輛消防車趕到，幸好火勢並沒有蔓延開去，慢慢受到控制。在天亮時分，**火頭**已經完全熄了，只有一點煙冒出來。

我由僕人帶着，去洗澡，換衣服，然後打了一通電話給樂生博士，但是沒有人接聽。

阮耀還 沉睡 Zz 着，但他是事主，警方和消防局都需要找他問話，我們只好粗暴地把他弄醒。

阮耀 睜開 眼 來，看到我們一堆人，立時驚問：「發生什麼事？」

「昨天晚上，你家裏失火了！」我説。

阮耀呆了一呆，消防官説：「阮先生，燒了。」

「就是你的家庭圖書館。」我補充道。

阮耀直跳了起來，「起火的原因是什麽？」

消防官説：「暫時不清楚。據報告的人説，火勢一開始就十分熾烈！」

一位警官問：「在那建築物裏，有什麽重要的東西？會不會有縱火的可能？」

阮耀呆了一呆，「裏面的東西，説重要，當然，但是對其他人來説，卻無關痛癢。」

消防官指着我，「可是這位先生，在火燒得最烈的時候，硬闖進去搶救東西，要是我慢了半秒鐘，他就已經**葬身火海**了。」

阮耀望着我，我苦笑着。

阮耀回答得很聰明，他説：「衛先生是我最好的朋友，他是不想我家傳的那些**紀念物**遭到損失。我們可以到現場去看一看麼？」

「當然可以。」消防官説。

我們一行人向外走去，來到了**火災現場**，整幢建築物倒真是一夜之間消失不見了。

由於這建築物有着一個很大的地下室，所以火災現場是一個極大的**坑**，積着許多水，那是昨晚一夜灌救的結果。

阮耀看着發呆，「看來什麼也沒有剩下！」

我苦笑道：「是的，什麼也沒有剩下。」

若干消防員在移開被燒焦了的大件東西，進行調查工作，阮耀突然指過去，尖叫道：「我是不是眼花了，看，那是**一隻燒焦了的手**！」

在場的人都吃了一驚，連忙循他所指看去，那是一團燒焦了的圓形東西，依稀可以看出是一隻金屬的虎頭。

我和阮耀自然知道，這虎頭原本是放在**壁爐架**上的，是一排隱藏鐵櫃的開關。

而令我們震驚的是，在那燒焦了的圓形物體上，真的有着一隻手！

那是一隻燒乾了的人手，手腕骨有一截**白森森**地露在外面，手腕以下部分全埋在燒焦了的東西之下！

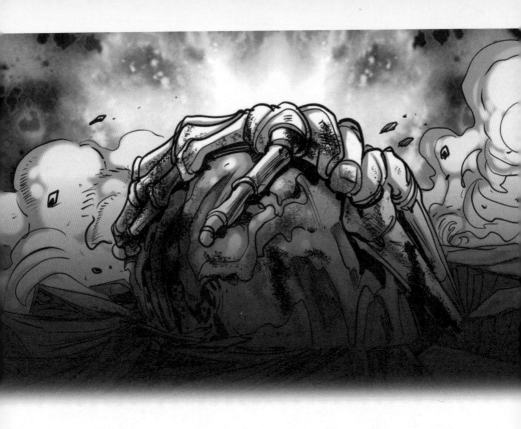

消防官立時叫了起來：「為什麼？我們來的時候，所有人都說這建築物裏沒有人！」

阮耀神色蒼白，「的確應該是沒有人！」

幾個消防員已經走近那隻恐怖的人手，小心翼翼地搬開周圍燒焦了的東西，漸漸地，我們看到了一顆燒焦的**人頭。**

　　我和阮耀的身子一直在發抖，警官說：「阮先生，請你將家裏所有人集合起來，看看有什麼人**失蹤**了？」

　　阮耀失神地點着頭，吩咐管家把所有人叫來。

　　不一會，僕人陸續來到。在阮家，侍候阮耀一個人的各種人等，近一百個，管家點着人數，連挖掘花崗石層的工人也全叫來了，可是並沒有少了什麼人。

　　阮耀肯定地回答警官：「這個人不是我家裏的。」

　　但這時候，一個僕人忽然**怯生生**地說：「阮先生，昨天晚上，我看見有人，走近這裏。」

　　好幾個人立刻問：「什麼人？」

　　那僕人說：「我……我不認識他，他好像是主人的朋友，我見過幾次，他留着一撮**山羊鬍子**——」

一聽到這句話，我和阮耀便失聲叫了起來：「樂生博士！」

第十四章

　　這年頭，留山羊鬍子的人本來就不多，而又是阮耀認識的，幾乎只有樂生博士一個。

　　「你是什麼時候看見他的？」我問那僕人。

　　「大約十二點多，起火之前半小時左右。」

　　阮耀厲聲道：「混蛋，你為什麼不對消防官說屋子裏有人？」

　　那僕人一臉委屈，「我並沒有看到他走進屋子，我真的不知道他在屋子中。」

我凝重地説：「剛才我曾打過電話給樂生博士，但沒有人接聽。」

大家都不禁吞了一下口水，警官向我問了樂生博士的住址，派警員前去 調查，消防員則繼續將那屍體慢慢弄出來。

我和阮耀都心亂如麻，一起回到了 客廳。阮耀和警方人員辦例行手續，我坐在沙發上沉思着。

昨天晚上我是和樂生博生一起離開阮耀家的，為什麼半夜他又回來了？是不是和我一樣，想到了同樣的事情？如果我比他早到的話，那麼如今被 燒死 的，會不會就是我？

想到這裏，我不禁打了一個 冷顫。

過了好一會，警官收到了警員的報告後，對我和阮耀説：「我們到樂生博士的 住所 調查過了。」

「怎麼樣，有什麼發現？」我和阮耀都很緊張。

警官説：「樂生博士是獨居的，有一個管家婦，那管家婦説，她昨天晚上離去時，博士還沒有回去。而我們警員檢查了樂生博士的住所——」

他講到這裏，突然頓了一頓，以一種疑惑的 **眼光** 👁 望着阮耀，「樂生博士和你是世交？」

阮耀呆了一呆，「什麼意思？」

那警官説：「我們發現樂生博士的書桌上有一張紙，上面寫着『**阮耀祖父**』和『📔日記』這兩組字。」

阮耀祖父
日記

我心裏震動了一下，樂生博士果然和我想到了同樣的事情，所以才到這裏來，而一到這裏來，就遭到了不幸！

警官問：「阮先生，這是什麼意思？樂生博士認識你

的祖父？還是有別的意思？」

阮耀和我互望着：「警官先生，我祖父已死了超過二十年，他和樂生博士並不認識。樂生博士是個**學者**，也是個大探險家，我估計他是忽然心血來潮，想來我家的圖書館，查看一下我祖父留下來的珍貴文件，所以才在紙上寫了這樣的記事，用作**提醒自己**，並沒有什麼特別的意思。」

那警官皺着眉，質疑道：「我總覺得，你們兩位有很多事隱瞞着我。」

我看他有死纏難打一直追問下去的意思，於是**坦然道**：「不錯，我們的確有很多事，並沒有對你說。」

阮耀和那警官都**睜大了眼**望我。

我微笑着，繼續說：「但那些都是與本案無關的事，我們不見得要把所有事都對你說一遍吧？我很欣賞你有優秀警務人員的直覺，知道我們有事 **隱瞞**，可就是欠缺些經驗，沒判斷出我們隱瞞的事，與案件無關。」

只見那警官冷笑了一下，「你們不說出來，誰知道那與案件有沒有關係？」

「像 ✦**傑克上校**✦ 那樣的警務人員就會知道。」我說。

那警官睜大了眼望着我，「你認識上校？」

我笑了起來，「你可以去問上校，我叫衛斯理。」

那警官眨着眼，**半信半疑**，接着又繼續問了幾句，但都被我們敷衍了事，他才悻悻然離去。

「事情愈來愈詭異了！」阮耀迅即向我追問：「樂生博士為什麼突然又來我家？他寫的那**兩組字**是什麼意思？你是不是知道些什麼？」

我嘆了一口氣，「他想到的和我突然想到的一樣：在你祖父的日記中，可能有提及那件神秘事件的**真相**。」

「對啊！他應該看過我曾祖父的完整日記，包括被人撕去的那些內容！」但阮耀隨即又嘆了一聲，「可是現在什麼都沒有了，燒得比羅洛的**遺物**更徹底。」

我苦笑着，「要是我們能將羅洛的遺物徹底燒掉，倒也沒有事了。」

阮耀顯得很 **疲倦**，「衛斯理，這不能怪我，任何人看到一幅地圖上，有一塊地方塗着金色，總不免要問一下，是不是？」

我心裏想，根本沒有人會為地圖上的金色而感到好奇，除了我們這幾個 **怪人**。但我依然安慰着他：「沒有人怪你，這不是你的錯。」

阮耀 **苦澀地** 說：「真的能不怪我嗎？可是唐月海、樂生博士，還有我的狗也死了，他們難道也不怪我？」

我沒有別的話可說，只好壓低了聲音重複道：「這不是你的錯。」

然後我支開了話題：「**這場火**，不知道是怎麼發生的。」

阮耀 **嘆** 道：「起火的原因，或許不是重點。」

「這是什麼意思？」我皺着眉問。

阮耀站起來，不斷地來回踱着步，過了好一會才說：「我有一個*頂感*，這件事，是我們四個人共同發現，共同調查的，現在已經有兩個人死了，如果真的是因為這件事而死的話，**那麼我和你**——」

我深深吸了一口氣，「你想說，我們兩個也不能倖免？」

阮耀的身子有點*發抖*，點了點頭。

我搭着他的肩頭安慰道：「你不必為這種事擔心，唐月海死於**心臟病**，樂生博士死於火災，都是意外！」

阮耀卻愁眉苦臉道：「所以我說那些表面的原因都不是重點。將來，我倆如果也遭了**不幸**，表面看來也會一樣是意外！」

　　我實在也想不出有什麼話可以安慰他，只好說：「如果你真的害怕，那麼，現在停止，還來得及。」

　　阮耀一聽到我那樣說，卻叫嚷了起來：「這是什麼話，我怎麼可以**停止**？我不是怕死，我只是替他們的死感到不值，但如果我這時停止追查，他們就死得更不值了！」

我沒有再說什麼。樂生博士沒有什麼親人和朋友，為他辦 **喪事** 的責任，自然又落在我和阮耀兩人的身上。

樂生博士的喪事，是羅洛之後的 **第三宗** 了，他下葬的那天，到的人相當多，畢竟他在學術界有着十分崇高的地位。可是，他的真正知心朋友，還在生的，就只剩下我和阮耀兩人而已。

送樂生博士 **落葬** 的那天下午，十分悶熱，等到只剩下我和阮耀兩個人的時候，我看到一輛警方的車輛向我們駛來。車子停下之後，車中走出一個身形高大，站得筆挺的人，正是 **傑克上校**。

傑克上校走到我的面前，點了一下頭，接着轉身向樂生博士的墳鞠了一躬，然後才說：「根據我部屬的報告，樂生博士的死，當中好像有着許多 **曲折**，而你們又不肯說。」

　　阮耀轉過身來，我先替阮耀和傑克上校互相介紹，然後説：「你可以這樣説，但是，那些事，和樂生博士的死，沒有直接關係。」

　　傑克皺着眉，「就算只有 間接關係 ，我也想知道一二。」

　　「我也沒有打算對你隱瞞，不過，我要先得到阮先生的同意。」

　　阮耀的心情很不好，聽到我這樣説，有點不高興，「**你要告訴他？**」

　　我點了點頭，嘗試説服他：「一來，他是警方人員。二來，上校和我合作過許多次，我們兩人在一起，解決過很多不可思議的難題。如果有他的參與，我相信事情一定會有更快的**進展**！」

第十五章

地底深洞

　　阮耀聽了我的話，嘆了一聲，同意將整個事情告訴傑克上校。

　　我和傑克於是走到附近一張**石凳**上坐了下來，我向他敘述整個事件的經過。

　　傑克上校很用心地聽着，我從羅洛的喪禮說起，一直講到樂生博士的喪禮時，天色已黑，暮色籠罩着整個**墓地**。

　　我望着傑克上校，想聽他有什麼意見，只見他像是着了魔一樣，喃喃自語：「一個大塘，在 **一夜之間** 不

見了，是什麼意思？」

「你認為是什麼意思？」我問他。

傑克上校説：「如果塘裏的水沒有了，那只是大塘乾涸，不能算是消失。所以我認為，那一個晚上，不知道什麼原因，忽然有許多**泥土和石塊**，將那個大塘填沒了，變成一片平地。」

我呆了一呆，立時和阮耀互望了一眼。

阮耀點了點頭，「我想也是，大塘消失了，變成一片**平地**。」

我說：「我也很同意你的見解，但那是不可能的，從記載中看來，吳家大塘**十分大**，不可能無緣無故一夜之間給填平。」

「所以那個『吳慧』才會感到那樣驚訝和不可思議。」傑克**一語中的**。

我和阮耀都點着頭，「對。」

傑克又說：「然後，阮耀先生的曾祖父，就佔據了這幅地。」

「我反對你用『*佔據*』這個字眼。」阮耀有點不滿。

「對不起，我改用『*擁有*』吧。」傑克接着說下去：「然後，阮先生的曾祖父就在這片土地上建屋，居住下來。」

我點頭道：「是的，而且還突然之間變成了 $鉅富$。」

傑克又繼續説：「他造了一座亭子，而在這亭子的基石下，鋪上了好幾層花崗石。」

「阮耀正在**挖掘**。」我補充道。

傑克皺着眉，説出自己最不解，也是最關注的一點：「在這個亭子的周圍，有許多處地方，可能有一種神秘的力量，使人的情緒發生變化，甚至死亡？」

雖然暫時沒有任何 科 學 證 據 去證明這一點，但我和阮耀都微微點着頭。

這時天色更黑了，傑克上校忽然問：「你們下過 陸軍棋 沒有？」

我和阮耀呆了一呆，傑克解釋道：「陸軍棋中，有三枚『地雷』，一枚『軍旗』，『軍旗』被對方吃掉就輸

了，因此在佈局的時候，往往會將三枚『地雷』佈在『軍旗』的外圍，作為保護。所以我估計，那幅地圖上的危險記號，就是『**地雷** ◉ 』，其目的是保護地圖上那塊金色的地方。而一切的秘密，在挖掘了那亭子的亭基之後，一定可以有答案。」

阮耀說：「我也是想到了這一點，所以才決定那麼做。」

傑克隨即 **精神一振**，「那我們還在這裏等什麼，快去召集工人，連夜開工！」

這句話正合阮耀的胃口，我們三個一起驅車到阮耀家，阮耀立時吩咐僕人找工頭，要連夜開工。

反正阮耀有的是 $錢，有錢人要辦起事來，總是很容易的。半小時後，強烈的燈光已將花園照耀得如同白晝；一小時後，工人已經來了。

為了想弄清楚花崗石一共有多少層，阮耀吩咐工人先盡量向下掘，而不是將每一層的花崗石都挖盡之後，再挖第二層。

這樣的方法雖然困難些，但可以快一點知道究竟有多少層花崗石。

然而，所謂「**快一點知道**」，也不是霎時間的事，一直到了第三天下午，才算是弄清楚。

花崗石一共有 **二十層之多**！

掘出來的花崗石，每塊大約是兩呎見方，一呎厚，也就是說，到了第三天下午，那亭基之下，已經挖成了一個二十呎深的深洞。

我、阮耀和傑克上校，輪流休息着。傑克顯然和我有同一脾氣，對於一切怪異的事，不弄個水落石出是睡不着的，他拋開了一切公務，一直在阮耀的家中。

最後一層花崗石給掘開之後，兩個工人在深洞下叫道：「花崗石掘完了！」

那時我們三人全在，一起問：「下面是什麼？」

那兩個工人沒有立即回答，我們先聽到一陣「彭彭」的聲響，像是敲打着什麼東西，接着兩個工人才說：「下面是一層 金屬板 ！」

我、傑克和阮耀三人互望了一眼。在二十層花崗石之下，是一塊金屬板，這實在是有點匪夷所思，阮耀叫道：「你們快上來，讓我下去看看是什麼板！」

那兩個工人沿着繩爬了上來，強烈的燈光照向深洞，我們一起向下看去。

花崗石的頭四層，起去的石塊較多，而第四層以下，每層只被挖出了四塊，所以洞是方形的，面積約十多平方呎，深二十呎。

我和阮耀用繩索向下縋去，一直到了底部，我先用腳頓了兩下，發出「彭彭」的聲響來，可見下面是空的，而且那塊金屬板也不會太厚。

阮耀立即叫道：「下面是空的。拿鑽孔機來，先鑽一個孔，然後用強力電鋸將它鋸開來！」

我和阮耀又一起攀了上去，阮耀吩咐工人去辦。一小時後，鑽孔機已在那金屬板上鑽了一個四分之一吋的圓孔，那金屬板大約有一吋厚。

兩個工人用強力的電鋸，在洞下面工作。**謎底快要揭開了**，我們都格外緊張和焦急。約莫又過了一小時，聽到下面兩個工人一起發出了一下驚呼聲。

我們向下看去，看到那兩個工人已經鋸出一個四平方呎的洞，那塊被鋸下來的金屬板，向下跌去後，竟然一點**聲響**也沒有。那表示，金屬板下面，是一個不知有多深的無底深洞。這就是兩個工人驚呼的原因。

我立時也**游繩**下去，落到了那個被鋸開的方洞旁邊，只見那兩個工人神色蒼白，緊貼着花崗石，一動也不敢動。

阮耀在上面問：「**怎麼了？**」

我抬頭道：「懸一支強力的燈下來，阮耀，你也下來看看。」

那兩個工人沿繩爬了上去，阮耀很快也來到了我的身邊，我們用一支強力的**燈**，從那個被鋸開的洞照下去，只見**黑沉沉**的，什麼也看不到。

　　我估計這支燈的火力，至少可以射出二百碼遠。可是，燈光向下一照，根本見不到底，下面是一個黑沉沉的大洞，不知有多麼深！

　　阮耀望着我，駭然道：「下面怎麼會有這樣的一個 **深洞**？我要下去看看！」

　　阮耀的話嚇了我一大跳，我連忙勸道：「別亂來，我們先上去，試試這個洞究竟有多深！」

阮耀猶豫了一會，才點了點頭，和我一起攀上去。

我們一回到地面，十幾個工人就一起走了過來，其中一個領班有點不好意思地說：「阮先生，雖然你給我們那麼高的工錢，**但是我們⋯⋯**」

阮耀有點生氣，「怎麼，不想幹了？」

那領班搔着頭，「阮先生，這裏的事情太怪了，老實說，我們都有點**害怕**。」

阮耀還想說什麼，我伸手輕輕推了他一下，「反正已經有結果了，讓他們回去吧！」

阮耀便揮着手，「走走走！」

所有工人**如釋重負**，一起走了開去。

阮耀「哼」了一聲，吩咐僕人去買繩子和鉛錘等**測量工具**。在等待期間，我、阮耀和傑克一起進了屋子稍作休息，一想到花崗石層之下，是一塊金屬板，而金屬板之下，又是一個深不可測的深洞時，我們心中都感到**駭然莫名**。

第十六章

一小時後，測量深度的工具全都買來了，阮耀將 **鉛錘**

鉤在繩子的一端，向深洞縋下去，繞着繩子的輪軸不斷轉動

着，表示鉛錘一直落下。

繩子 上有着記號，轉眼間已放出了二百碼，可是

輪軸卻愈轉愈快。

我手心在冒汗，看着輪軸轉動，四百碼、五百碼、六

百碼，那簡直是不可能的，以這裏的地質而言，怎可能出

現這樣 **深不見底** 的洞。可是，輪軸繼續在轉，七百

碼、八百碼⋯⋯

傑克上校也在**冒汗**，他一面抹汗，一面還在喘着氣。

阮耀站在花崗石上，雙眼一眨不眨地望着下面，繩子還在向下探，九百碼、一千碼。

等到繩子放到一千碼時，**輪軸 停止了轉動**。

然而，這絕不是因為到達了洞底而停下來，而是繩子已經放盡了。

阮耀一看到這個情形，就**發起火來**，對着僕人頓足大罵：「笨蛋，叫你們去買東西，怎麼繩子那麼短！」

一個僕人連忙解釋：「賣測量工具的人說，一千碼是**最長**的了，根本沒有什麼機會用到一千碼，我⋯⋯我立刻再去買！」

但傑克突然說：「不必去買了！」

阮耀很詫異，「為什麼？」

傑克指着下面說：「這是**危險地區**，我要將這裏

封起來，不准任何人接近！」

　　傑克那樣說，雖然使我感到有點意外，但是我也十分理解。因為一個縋下了一千碼繩子還未曾到底的深洞，無論如何，確實是一件極可怕和危險的事。而他身為 **警務人員**，知道了這樣的危險，不得不作出負責任的決定。

　　阮耀「**哼**」了一聲，「上校，你弄錯了，這裏不是什麼公眾地方，而是我私人的產業，你有什麼權利封了它？」

　　傑克說：「我會向法院申請 **特 別 封 閉 令**。」

　　「不行！」阮耀有點激動。

　　「到時封閉令來了，不行也要行，再見，阮先生！」傑克上校變得很嚴厲，話一說完，就立時轉身走了。

　　阮耀 **氣 得 頓 足**，又向僕人喝道：「還不快去買繩子！」

那僕人連聲答應着，奔了開去。

我吸了一口氣，勸道：「阮耀，我們該**體諒**傑克上校的決定。」

「他無權封閉我的地方！」阮耀大聲說，然後「嗤」了一聲，「衛斯理，虧你還說自己對什麼神秘事情都非要弄個**水落石出**不可，現在這件事還沒有結果，你就叫我放棄了？」

阮耀說得對，其實我心中也很希望探求出這個神秘事件

的真相來，只是阮耀顯得太衝動了，我不得不考慮大家的**安全**。

如果傑克把這裏封閉了，至少能令大家暫時冷靜下來，待想出了更好的方法，才慢慢探索真相。

可是現在我説什麼阮耀也不聽，我只能**請求**他：「阮耀，你先不要輕舉妄動，我嘗試去聯絡這方面的專家，一定會找到既安全又管用的方法，去探索這無底深洞的**秘密**。等我回來！」

他沒有答應我，但我已經匆匆離開，回到家裏，查閱各種資料，聯絡各方面的專家。

我和好幾個著名的**地質學家**通了電話，他們一聽到我説吳家塘的地方，出現了一個深不可測，至少超過一千碼的洞穴時，都不約而同地斷言：「**這是不可能的。**」

而我都這樣回應：「我不是問你可不可能，而是這個深洞已經存在了。我只想知道，這樣的一個深洞，是如何**形成**的？而這個深洞之下，可能有着什麼？」

但他們覺得我是在瞎編小説情節，給我的回答都是：「我無法回答你，除非我去看過那個**地洞**。」

我嘆了一聲，「沒有人可以去探測這個地洞，它實在太深了！」

説到這裏，我突然靈機一動，想到不必親身去探洞。我認識許多專門**盜墓**、探險，甚至製作精密器材的朋友，我可以逐一請教他們，看看有沒有一些管道探測器，或者適合在深洞裏飛行拍攝的**無人機**，諸如此類的工具，便可以安全地看清楚深洞底的情形了。

我正想聯絡這些朋友的時候，手機卻快一步**響**了起來。

我一接聽，對方就十分急促地說：「衛先生？我是阮先生的僕人！」

我認出這把**聲音**是阮耀吩咐去買繩子的那個僕人，料到阮耀可能出事了，連忙問：「怎麼樣，阮先生出了什麼事？」

那僕人喘着氣說：「阮先生……他……*他不見了！*」

「什麼叫不見了？」我很**緊張**。

「他進了那個洞，一直沒有上來。」

我嚇了老大一跳，阮耀果然不聽我的勸告，**魯莽地**探索那個深洞去！

「別慌張，我馬上就來，你們守在洞口別走！」掛線後，我立刻駕車向阮耀家飛馳。

我心中亂到了極點，唐月海死於「心臟病猝發」，樂生博士死於「火災」，如今阮耀又進了那個深洞，**生死未卜**，真叫人感慨。

我又想到，羅洛這傢伙，在臨死之前，立下了那麼古怪的遺言，是不是他早已知道，他的遺物會引發今天這樣的**後果**？同時我又聯想到，羅洛的死，會不會也跟這幅地圖有關？

這時朝陽已經升起，我也趕到阮家的事發現場了。

我首先看到一個很大的輪軸在洞邊，縋下去的繩索，標記是 **三千碼**，洞旁還有一個僕人，手中拿着 **無線電對講機**，滿頭大汗，不住在叫着：「阮先生！阮先生！」

可是不論他怎麼叫，也沒有得到任何回應。

圍在那裏發慌的僕人有很多，全都亂得像無頭蒼蠅一樣，我對他們當頭棒喝：「**冷靜一點！**你們選一個人告訴我事情的經過！」

第十七章

陷入無邊黑暗之中

那個負責買繩子的僕人向我講述情況:「我又去買了繩子回來,阮先生叫我們將一張椅子綁在繩上,他帶着強力電筒和無線電對講機,向下縋去。」

我吸了一口氣,望着那黑黝黝的深洞,那僕人繼續說:「開始的時候,我們都可以看到下面閃耀的燈光,也可以和阮先生通話。可是漸漸地,燈光看不見了,但依

然能通話。等到繩子放盡之後，阮先生還和我們講過話，只是聲音模糊得很，沒有人聽得出他講什麼，接着，就完全**沒有聲息**了！」

「那你們怎麼不拉他上來？」

那僕人說：「我們當時立刻把繩子拉上來了，可是繩子的另一端，只有椅子，阮先生卻不見了。我用對講機呼喚他，又怕他找不到椅子，於是將椅子又縋回下去，可是到現在，**還是一點動靜也沒有。**」

「你們沒有立刻報警嗎？」我着急地問。

那僕人苦着臉，「阮先生吩咐過，不准通知警方，只准我們通知你。」

我嘆了一口氣，當機立斷：「先將繩子全拉上來！」

這些僕人手腳相當快，其中兩人立時搖着輪軸，繩子一碼一碼被扯上來，我在那深洞的旁邊，從僕人手中取過

那具 **無線電 對講機**，叫着阮耀的名字：「你一定可以聽到我的聲音，阮耀，不論你遭遇了什麼，就算你不能說話，想辦法弄出一點聲音來。好讓我知道你的情形！」

我們都盡量靜下來細聽，但是什麼**聲音**也聽不到。

按現在的情況推測，最大可能是在三千碼之後，還未到底，但阮耀卻不小心跌了下去，他可能再跌下幾百碼，甚至更深，那就**凶多吉少**了。

這時一輛警車突然駛到，傑克上校帶着幾個警官，大踏步走過來，上校一面走，一面叫道：「阮耀，來接**封閉令**！」

我聽到他那樣叫着，不禁苦笑起來，要是阮耀真能應聲出現，那就好了。

傑克上校察覺到我們的臉色有點不對勁，**呆了一呆**，問：「怎麼了，發生了什麼事？」

我用最簡單的話，講述了所發生的事，而繩子亦**剛好**完全被絞上來，那張椅子出現在洞口。

那是一張很普通有着扶手的椅子，在兩邊的扶手之間，還有一條相當粗的 **皮帶**。按理説，一個成年人坐了上去，是不會跌下來的，但是阮耀卻不在了！

傑克連聲道：「狂人！阮耀是個**瘋子**！」

我望着傑克，「上校，我馬上下去找他！」

傑克**尖聲叫了起來**：「不行，太危險了！」

我仍然望着他，説：「上校，我一定要下去，他可能只是遭到一點意外，並未死，正等着我們去拯救！」

「當然要**拯救**，我們警方會想辦法！」

「來不及了！」我着急道：「每遲一分鐘，阮耀的生命就危險多一分，實在別無他法，我一定要立刻下去找他！」

傑克嘆了一口氣，吩咐手下為我準備必要的工具，但其實那些僕人早已準備好強力電筒、**對講機**等，只是他們沒有一個人敢下去而已。

傑克再三提醒我：「你檢查一下應帶的東西，電筒好用麼？」

我打開強力**電筒**測試了一下，性能非常好。他又說：「對講機呢？」

我再試了一下對講機，操作正常，通話清晰。

傑克又嘆了一口氣，抓住我的手臂說：「萬事小心，祝你好運！」

　　我坐上 **椅子** ，繫好皮帶，扶着椅子的扶手，讓他們將我縋下去。

　　我抬頭往上看，洞口的光在迅速縮小，我在對講機中聽到上校的聲音，他說：「現在，你入洞的深度是一百五十碼，你好麼？」

　　我用強力電筒四面照射着，那洞並不很大，略呈 **圓形** ，直徑大約是四十呎，洞壁的泥土，看來並沒有什麼特別之處。

　　我用對講機回答道：「**我很好**，沒有什麼發現。」

　　我的身子繼續向下沉，傑克的聲音不斷從對講機中傳來，告訴我現在的深度，當他說到「一千碼」之際，他的聲音有點 **急促**。

　　我向他們報告：「直到目前為止，仍然沒有意外，這個深洞好像沒有底一樣，洞壁已不是泥土，而是一種漆黑

的 岩石，平整得像是斧削的一樣。」

繩子又繼續放下去，傑克不斷讀出我入洞的深度，一直到**兩千碼**的時候，他停了一停，緊張地問：「你覺得應該上來了麼？」

「當然不，阮耀失蹤的時候，深度是**三千碼**，而且現在，我覺得十分好，什麼意外也沒有，甚至連呼吸也沒有困難。」

我聽到傑克上校嘆了一聲，接着，我的身子又繼續向下縋去，對講機傳來傑克的聲音依然很**清晰**，一直來到了兩千八百碼的深度。

繩子放得愈來愈慢，大概是他們有點擔心，於是我對着對講機説：「繩子有三千碼，一起**放盡了**再説。」

傑克照例會立時回答我的，可是這一次，在我説了話之後，卻聽不到他的回答，而我坐的椅子也停止**不動了**。

我無法估計和傑克上校失去聯絡的正確時間，但是到兩千八百碼的時候，我還聽到他的聲音。現在，椅子不動了，一定是已經放到了**三千碼**。

我用電筒向下照去，竟然看到了洞底，而且洞底離我只不過兩碼左右。我實在有點**喜出望外**，連忙鬆開椅子上的皮帶，跳了下去，然後又對着對講機大叫：「上校，我已來到了洞底！」

　　可是我仍然沒有得到回答，抬頭看去，根本已經無法
看到洞口的 **亮光** 了。

　　而且，我看到那張椅子正迅速地向上升，我大叫着：
「喂，別拉椅子！」

　　但是我的話並沒有用，那張椅子還在迅速地 **向上升**，
我知道一定是他們發覺與我失去了聯絡，所以急急將椅子
拉上去。

　　尋找阮耀要緊，我先不管椅子的事，用電筒四周照著，可是電筒的光芒在迅速地減弱。

　　這是絕無理由的事，我檢查過**電池**是新的，至少能用二十四小時，但現在它已經油盡燈枯，完全發不出光芒了。

　　我在漆黑之中，急促地喘著氣，一步步向前走著，不一會，我**雙手**摸到了洞壁。

在這個情況下，我只能沿着洞壁一面摸索，一面大喊：「阮耀，你在嗎？你在哪裏？太黑了，我看不到你！」

就在這時候，我感到雙手所按着的洞壁，竟在緩緩 *移動着*！

與其說是「移動」，不如說洞壁正在向內縮進去，好像我按着的，不是堅硬的山石，而是很柔軟的東西。

不只洞壁，我所站的洞底，也開始在**動**，正漸漸向上

拱起來！

洞底的移動愈來愈劇烈，我已無法站穩身子，突然之

間，我立足之處拱起了一大塊，我整個人*向前撲*了出

去，而我面前的洞壁好像消失了一樣，我雙手撲了個空，

翻滾着一直跌下去。

那是一種很難形容的感覺，我感到自己好像在一種極

稀薄的物質之中**下沉**，那種物質的阻力和水相似，但在

水中我可以浮動，現在我卻只能向下墜去。

我的**呼吸**並未受到干擾，我只是向下沉。我發出

驚叫聲，我能聽到自己的驚叫聲，只是聲音聽來很悶，像

是裹在**被窩中**呼叫一樣！

第十八章

逃出生天

那是一段 **極可怕** 的經歷，歷時多久我也不清楚，因為沒有一個人，可以在這樣的情形下鎮定地去計算時間。

我最終跌倒在一堆 *很柔軟* 的東西上，眼前依然一片黑暗。我用手撐着那柔軟的東西站起來時，卻又感到那堆柔軟的東西在迅速地發硬。

我站定了身子，喘着氣，突然又感到腳下所站的地方在 *移動*！

這次是真正的移動，我像是站在一條 *傳送帶* 上一樣，被輸送向前。

　　我勉力鎮定心神，大聲道：「我已經來了，不管你們是什麼，請現身出來！」

　　我的聲音已沒有給悶住的感覺，我知道自己身處在一個**偌大**的空間之中，還聽到了淙淙的水聲，而且愈來愈響亮。

　　當我的身子終於停下來，不再被移動之際，我感到有水珠濺在我的身上。我慢慢蹲下身子，伸手向前，立時觸到了一股*激流*。我連忙縮手回來，向着黑暗叫道：「我想，這裏一定有人，或許，我用『人』這個名稱，不是十分恰當，但這裏一定有可以和我對答的生物，請出聲，告訴我該怎麼辦？」

　　話音剛落，在*淙淙的水聲*之中，我聽到身後響起了一下如同嘆息般的聲音。

我立時轉過身去，四周圍依然是一片漆黑，然而，我卻感到，除了我之外，黑暗中還有什麼東西在。

我吸了一口氣：「**誰？**阮耀，是你麼？」

我又聽到了一下類似嘆息的聲音，接着，我感到有一樣東西向我撲過來，這是一種動物本能的感覺，我不知道撲過來的東西**是敵是友**，我也憑着本能反應，決定伸手「接住」它，而不是避開它。我雙手一碰到這東西，就感覺到這是一個人。

我立時將他扶住，我摸到他的手、手腕，也摸到了他手腕上戴着的**手表**。

我又碰到了那人腰際的一個**方形物體**，大喜過望，那是一具無線電對講機，我幾乎可以肯定，這個人就是阮耀。

我伸手去探他的鼻息，他顯然沒有死，但從身體的軟弱狀態而言，他一定是**昏迷**了。

我扶着他，**定了定神**，「多謝你們將我的朋友還給我，你們是什麼——」

我本來想問「你們是什麼人」，但是我將最後那個「人」字吞回去。

我沒有得到任何回答，但是，我卻第三度聽到了那一下**嘆息**聲。

接着，我站立的地方又開始移動，也是像傳送帶一樣，把我和阮耀送向前去。

我們被傳送的期間，阮耀發出了呻吟聲，我連忙問：「阮耀，你怎樣？」

阮耀像在夢遊一樣，**迷糊地**問：「你是什麼人？」

「我是衛斯理，我下洞來找你，你覺得怎麼樣？」

阮耀挺了挺身子，就在這時，我們的身子突然向上升去，像是在一種什麼**稀薄**的物質之中一樣。

阮耀一直喘着氣，過了沒多久，所有**異動**全停止了。

我和阮耀都站着，忽然間，有一樣東西向我們撞了過來，我立時伸手抓住它，呆了一呆，然後狂喜地大叫：「阮耀，我們可以上去了！」

我抓住的，是**一張椅子**！

我連忙扶阮耀坐上椅子，我則抓住椅子的**扶手**，等了大約半小時，椅子就開始向上升去。

椅子上升了兩三百碼之後，我就開始聽到**對講機**中，傳來上校惶急的呼叫聲，不斷喊着我的名字。

我立時回答道：「我聽到了，上校，我沒有事。而且，我也找到了阮耀！」

我聽到傑克一面吩咐人快點將我們拉上去，一面痛罵：「**你究竟怎麼了？**在下面逗留了那麼久！」

我只好苦笑着，「你做夢也想不到，我在洞底——」

我才講到這裏，阮耀突然低聲道：「**什麼也別說！**」

阮耀的聲音極低，我呆了一呆，立時對傑克改口：「我在洞底昏迷了相當久，我想阮耀也和我一樣，不過現在沒事了！」

椅子繼續向上升，我已可以看到洞口的 **光** ，不一會，我們已經給拉上了洞口。

在充足的光線下，我終於可以看清楚阮耀，只見他的臉色出奇地 **蒼白**，而且神色裏充滿了疑惑。

傑克上校埋怨了我們一頓，又宣布誰也不准踏入洞的附近，才收隊離去。

我和阮耀一起進了屋子，阮耀喝着 **熱茶** ，鎮定心神，然後才開口：「你遇到了什麼？」

我略想了一想，「其實什麼也沒有遇到，只是被擺佈着移動；我覺得，那背後好像有着什麼──」

我說不出那是人，還是生物，或是一種 **超然** 的東西。

阮耀吸了一口氣，「那麼，我和你不同，衛斯理，真是無法相信，但卻是事實！」

我登時緊張起來，

「**你見到了他們？**」

阮耀握着茶杯的手在微微發抖，「沒有，我沒有見到他們。但是，我卻見到了一些**不可思議**的東西。」

「你看到了什麼？」

我十分好奇，因為在整個經歷裏，我都在漆黑之中，什麼也看不見。

　　阮耀又吸了一口氣：「還是從頭講起，你會比較容易明白。我縋下深洞，開始時所遭遇的一切，**和你 相 同**。我在黑暗之中，不由自主地移動着，等到靜止下來之後，我聽到了流水聲。」

　　我點着頭，「那是我也到過的地方，那裏一定是 **一條 地底河道** ≋，可是你見到了什麼？」

　　「我站着，在我的面前，忽然出現了一片光亮。」阮耀說。

　　我怔了一怔，「既然有光，那麼，你應該看清楚那裏是什麼地方了？」

　　阮耀搖着頭，「**不。** 那是一片大約六呎乘八呎長方形的光源，我就像在一個漆黑的房間中看電影，那一片光亮就是 **銀幕**，但周圍的東西我還是看不清。」

「你的意思是，在你我相遇的那個地方，有人放電影給你看？」

「那只是一個比喻，事實上，那當然不是電影，但和電影差不多，是一件過去發生過的事的記錄。我看完了之後，幾乎可以斷定，那是一個 *飛行記錄*！」

我在椅上挺直了身子，瞪大了眼睛，等待他說下去。

阮耀說：「起先，那片光亮中，是一片黑暗，有很多奇形怪狀，看來像是岩石的東西，有的在閃光，有的在轉動，我只覺得那一片黑暗，深邃無比，好像是——」

「**外太空！**」我衝口而出。

阮耀點點頭，「不錯。我認為，那是一艘太空船，在太空航行時，從窗口向外記錄的情形。」

我皺着眉，點了點頭。

阮耀繼續說:「那種現象,持續了相當久,接着,我看到了——」

他講到這裏,顯得有點**遲疑**,好像覺得說出來也沒有人會相信。我着急地問他:「你到底看到了什麼?」

阮耀說:「我看到了**土星** 。」

第十九章

洞底所見

「你看到了土星?」我驚詫地重複着阮耀的話。

阮耀點了點頭,詳細地敘述:「我看到了土星,由於那個壯觀的行星環,所以我肯定那是 **土星**。而畫面中的景象在不斷移動着,我感覺自己猶如坐在一艘太空船中,在 **宇宙** 裏航行。然後我又看到了木星,而且十分靠近,在近距離迅速地掠過!」

我立刻產生了一個疑問:「那艘太空船飛得很快?」

「是的，很快，從我看到了土星，再到木星，大約是半小時左右。」

我吸了一口氣，「**木星** ⬤ 和土星之間的距離，至少有四億多哩，沒有一個飛行體，能夠在半小時內，飛越這樣的距離，除非是 **光速**！」

「雖然我不知道正確的時間，但憑感覺判斷，是**半小時左右**。」

「那麼，接着你又看到了什麼？」我着急地問。

阮耀望了我半晌，才説：「接下來，大約在半小時之後，我在火星旁邊經過。我的意思是，我看到了**火星** ⬤，火星在迅速地變大，最後在畫面上掠過。」

我沒有再説什麼，我們兩人都呆了好一會，我才説：「這樣説來，這艘太空船經過了土星、木星和火星，它是向**地球** 🌍 飛來的？」

阮耀點着頭，「是。經過火星之後不久，我看到了 **地球** ，而且地球的表面愈來愈清楚，我看到了 山脈河川 。但和之前不一樣，這艘太空船不是在地球旁邊掠過，而是直飛向地球。我相信太空船已衝進了大氣層，因為我看到了建築物，那些建築物全是舊式的，大約是一百多年前的建築，最後是一個相當大的 湖泊 ——」

我失聲道：「是一個塘！吳家塘！」

阮耀的聲音顯得很急促：「估計是**吳家塘**。我的印象是，這艘太空船直墜進了吳家塘之中，然後，眼前一片漆黑，什麼也看不到了。」

「你還見到什麼？」

「沒有了。我只聽到幾下猶如**嘆息**//般的聲音，接着，神智就開始有點迷糊，直到我又有了知覺的時候，已經在你的身邊了！」

我又呆了半晌，思索了好一會，「阮耀，聽了你的敘述之後，我有一個假設，不知道你同不同意。」

阮耀有點失神地望着我，我說：「首先我們假定，你看到的，是一艘太空船飛行時記錄下來的**影像**。這艘太空船是以光的速度航行的。」

阮耀點着頭。

　　我吸了一口氣，「太空船自何處起飛，我們不知道，因為你一開始看到的畫面，它已經在太空中飛行着。它可能從天王星飛來，也可能來自更遠的地方，甚至在 ☀太陽系★★ 之外，但是為了節省時間，所以只將接近地球的那一段，放給你看！」

　　阮耀繼續點頭，表示同意。

　　我再説：「太空船不會自己飛行，其中一定有『人』在控制着——」

　　我講到這裏，阮耀便叫了起來：「他們現在還在，住在 地底 ，他們到了地球之後就不走了，一直住在地底，現在還在！」

　　「也有可能是他們想走也走不了。我想，這個深洞，就是太空船直墜吳家塘所造成的，這樣大的衝擊力，使 地形 起了變化，大量泥土湧上地面來，於是，吳家塘被填

平了。」

阮耀喃喃地道：「不錯，吳家塘在一夜之間消失，大概就是這個原因！」

我又推測：「在洞底，我也聽到類似嘆息的聲音，一定是他們發出來的，他們無法和我們作語言上的溝通，所以就將這一段 *飛行記錄* 給你看，好讓你明白，他們是從極遙遠的地方來的，一直生存在地底。」

「那麼，接下來的一切，又是怎樣發生的呢？我曾祖父怎樣有了這片土地？為什麼要鋪上層層的花崗石，在上面建一座亭？何以我們家會成了 *$鉅富$*？羅洛怎麼會知道這個秘密，繪製了地圖？唐月海和樂生博士的死又是什麼原因？」

阮耀一口氣提出了那麼多問題來，這些問題，我一個也無法回答。

我只好苦笑，而就在這時，外面傳來幾個僕人的呼叫聲，一個僕人出現在門口，大聲道：「阮先生，許多**水**湧了上來！」

阮耀叱道：「什麼許多水湧了上來？」

那僕人說：「那個深洞，深洞裏有水湧上來，一直湧到了**洞口**！」

我和阮耀互望了一眼，一起跑到花園去，來到了深洞的邊上，向下一望，只見那深洞看起來已像是一口**井**，全是水，水恰好來到了洞口，還在向上湧着，就像一個**小噴泉**，然而，水位卻不再上升，看起來很有趣。

在這樣的情形下，可以說，任何人都無法再到這個深洞的底部了！

我呆呆地望着這個情景，說：「他們一定是不想再有人去**騷擾**他們。」

阮耀點着頭，神情有點黯然。

在接下來的一個月裏，阮耀吩咐工人在那個深洞旁

邊，用掘出來的花崗石，圍成一道牆。如果站在牆頭看下

去，就像一隻 **巨大的碗**，碗底有着一個不斷在

冒出水的噴泉。

　　我並沒有將我和阮耀在洞底的遭遇告訴傑克上校，他來過幾次，看着那**噴泉** 🟦，也沒有什麼話好說，對這件事也漸漸不再感興趣了。

　　又過了兩個多月，一天晚上，忽然有一個**膚色黝黑**、神情堅毅，約莫三十來歲的人來我家找我。

　　我並不認識他，他自我介紹：「我姓吳，吳子俊，是一艘貨船的**⚓船長**。」

　　「吳先生，請問有什麼指教？」

　　他說：「衛先生，我來得很**冒昧**，但是我必須來找你，你認識一個大冒險家羅洛先生嗎？」

　　一聽他這麼說，我立即請他進屋詳談，告訴他羅洛已經死了，他不禁嘆息，「真想不到，航海這門職業有一點不好，就是你離開一處地方後，再回來時，往往已**面目全非**！」

「吳先生，你向我提起羅洛，是為了什麼？」

「我和羅洛是好朋友，我上次離開的時候，曾託他查一件事情——」

我不出聲，等他講下去，他說：「這件事說起來也很無聊，已經是**一百多年前**的事了，我只不過想弄清楚事情的經過，沒有別的意圖。」

我**呆了片刻**，一百多年前的事，這個人又姓吳，難道——在我還未開口之際，吳子俊已說：「事情發生在我曾祖父那一代——」

我急不及待地問：「你曾祖父的名字是——」

「我曾祖父叫**吳慧**。」

吳慧！這個名字我一點也不陌生，他就是在阮耀曾祖父的日記中，曾數次出現的關鍵人物！

我定了定神，問：「羅洛並不是**私家偵探**，你為什麼會託他去查事情？」

吳子俊說：「因為他認識一個靠遺產過日子的花花公子，阮耀。」

當他提及阮耀時，流露出一種**極其不屑**的神情。

「你一定會問我，事情和那個阮耀，又有什麼關係，是不是？」他說。

我點了點頭。

吳子俊皺眉道：「有一次，我無意之中，找到了一批文件，那是一些**日記**和 信箋 ，是我曾祖父留下來的。這批文件中，可以看出，目前阮耀的那一大片產業，原本是一個塘，叫吳家塘，是屬於我曾祖父的。後來好像發生了一些**奇怪的事**，這個塘變成了平地，我曾祖父在日記中說，他立時請了一個姓阮的好朋友來看看，

那就是阮耀的曾祖父。後來，不知怎麼，土地就變成是阮家的了，而且阮家立即發了大財，但我曾祖父卻**鬱鬱而終**！」

「那批文件呢？」我緊張地問。

「我交給了羅洛。」

「你沒有副本留下來？」

吳子俊搖了搖頭，「我沒有想到這一點，我不是要追回那片產業，只不過想弄明白事情的真相。」

我苦笑起來，「處理羅洛遺物的，包括我，一共有四個人。羅洛的遺命是，將他的所有東西全都燒掉，而我們照辦了。」

吳子俊很訝異，「為什麼要這樣做？」

「吳先生，羅洛曾認真地為你調查過這件事，他潛入阮家的家庭圖書館，找到了阮耀曾祖父的日記，並繪畫了一幅地圖。」

　　吳子俊聽得一頭霧水，我站了起來說：「吳先生，這件事接着的發展，你是無論如何也料不到的。我想，我

們兩人不應該單獨談，要不請一個人來一起談談？」

　　「好啊，請什麼人？」

　　「**阮耀**。」我説。

第二十章

真相只能推測

阮耀收到我的來電,匆匆趕到。我先替他和吳子俊互相介紹,並且將吳子俊所講的話複述了一遍。

阮耀聽了十分 **憤怒**,「羅洛這傢伙,怎麼不直接來和我商量?」

我說:「或許他認為這涉及產業糾紛,所以才秘密進行。」

阮耀「**哼**」地一聲：「笑話，這片產業，在我來說，算得了什麼？」

吳子俊的臉色也變得很難看，冷冷道：「在我來說，更是**不值**一**顧**！」

我連忙道：「我們現在不是談論這些，我們是為了解開疑團而**相聚**的，吳先生，你聽我講事情發展的經過；阮耀，我有說漏的地方，你來補充。」

阮耀勉強地笑了笑，於是，我又從羅洛的**死**講起。

吳子俊認真地聽，一直等到我說完，他已震驚得**目瞪口呆**，聲音顫抖地說：「你的意思是……當年有外星人……駕駛太空船來地球，意外墜落吳家塘**?**」

我和阮耀都堅定地點頭。

吳子俊深深地**吸了一口氣**，「而且……他們現在……還住在地底深處？」

我和阮耀依然點着頭。

「外星人 的事先不管，我想知道，吳家塘的土地為什麼會變成阮家所有？」吳子俊指了指阮耀，「而他的曾祖父何以忽然成為了$鉅富$？」

　　阮耀看來很怕人提到這個問題，他站了起來正要發作之際，我快一步說：「關於這一點，在阮先生曾祖父的日記中，一定有詳細的記載。可惜，這些日記被羅洛**撕走**，又被我們燒掉了，只怕永遠是一個**謎**。不過，我有一個合理的推測。」

　　「你有什麼推測？」吳子俊問。

　　「我估計，當時發生了這樣古怪而不可思議的事，令到你的曾祖父吳慧先生十分**害怕**，不知所措，從日記和信札內容也看得出來。所以，他很可能索性把土地賣給了阮耀的曾祖父，然後搬離這個可怕的地方。而阮耀的曾祖父**膽量**比較大，留了下來，甚至遇到了**外星人**，這些外星人告訴了他一些致富的知識，使阮家瞬間就富甲天下了。」

吳子俊點了點頭，卻咬着牙説：「你的推測也很合理，不過，我曾祖父是自願出讓土地，還是有人乘人之危，**巧取豪奪**，也很難説。」

「你這麼説是什麼意思？」阮耀很憤怒，「都是羅洛不好！撕掉了日記內容，又要我們把他的東西燒了，沒有了證據，讓人可以**胡説八道**！」

「也不是全無證據的。」吳子俊冷冷地説：「如果真有外星人在地底，他們一定知道當年的**真相**，你大可以找他們來作證！」

我連忙調和道：「大家不必賭氣。那些外星人，一定有他們的原因，決定要住在**地底**，不想別人打擾。因此，阮耀的曾祖父就為他們砌上重重的花崗石，又建了亭子，把洞口**掩藏**起來。至於羅洛，該是查到了這件事後，知道外星人仍在地底，也知道他們不欲被人打擾，所以死

前叮囑我們把他的一切東西燒掉。他一定是知道，若有任

何人堅持去把那些外星人找出來的話，必會招致**嚴重**

後果，所以才有了這樣的決定。」

　　雖然這都是我的推測，但吳子俊心裏知道，這些推測

都很合理，也沒有再説什麼，霍地站了起來，「*罷了!*

反正真相已經無從去查，百多年前的事我也不打算去計

較，就這樣吧，告辭了！」

　　吳子俊轉身就走，「**砰**」地一聲將門關上。

　　阮耀氣得頓足，「哪有這樣的人*!*」

　　我安慰道：「阮耀，他的出現，至少使我們對事情有

了進一步的了解。」

　　「還有很多**謎團**未解呢！」阮耀説。

　　「你指那些危險記號？」我思索了一下，又分析道：

「正如我的推測，你的曾祖父應該見過那些外星人，外星

人給了他若干好處，使他 $暴富$ 起來。他於是就答應替外星人封閉那個深洞，使他們永遠不會被發現。而我相信，外星人當然也有一些神秘力量，能 保護自己。所以羅洛在地圖上標示了危險記號的位置，可能有一種特殊的「吸力」，就像人們用來抓老鼠、抓蟑螂的膠水那樣，把目標吸住，只是這並非物理上的吸力，而是一種無形的引力，吸住了人的思緒，令人情緒有變，好像地底有一種 魔力 把他們吸住。」

　　阮耀點着頭，覺得大有道理，「對！所以當有人站上去，情緒就會變得衝動。」

　　我又補充：「由於距離地底『**他們**』的位置太遠，所以這種引力也變得很微弱，平時走過也不會有感覺，要在引力較強的位置特意站上一會，才會有那樣的反應。」

　　「那麼，唐月海和我那頭**牧羊狗**的死，很可能真是他們本身有隱性心臟病，受了引力刺激後，情緒未能平復，因而病發？」

　　我點頭認同。

　　阮耀又問：「那麼樂生博士的死呢？」

　　對於這個問題，我一時間也無法回答。

　　直到一個星期後，傑克上校忽然打電話給我，告訴我那場**火災意外**的調查結果。他們在火災現場發現了一個很小的**手提小火爐**，而且查出這個小火爐是樂生

博士帶進去的，也是這場大火的起因。

　　至於樂生博士為什麼會帶火爐進去，警方還想不明白。我聽了之後，嘗試再把整件事從頭到尾想一遍，當想到那幅地圖給我們燒掉時的情形，我就想明白了！

　　那幅地圖上，羅洛用隱形墨水畫下了**重要的**劃線，經火烘後才顯示出真正的比例尺。樂生博士一定是受到這件事的啟發，覺得阮耀的家庭圖書館裏，或許也有一些文件用了**隱形墨水**寫下關鍵的秘密，所以就帶了一個小火爐進去，隨時用來烘文件，沒想到卻釀成**悲劇**，這確實是一場意外。

　　當然，以上都只是我們的推測。畢竟，羅洛查到的資料已全部火化，家族圖書館亦一把火給燒光了，真相，恐怕只有地底下的「**他們**」才知道。（完）

平平無奇

在地圖上註有危險記號之處，表面看來**平平無奇**，但是當人站在該處，會有向下發掘的衝動，而且一旦觸動了該處，就會神秘致死。

意思：指尋常、普通。

直截了當

樂生博士苦笑道：「誰不知道這是最**直截了當**的做法，可是這樣做，會有什麼後果？」

意思：形容說話或做事乾淨俐落，毫不拐彎抹角。

氣急敗壞

阮耀有點**氣急敗壞**，「最直截了當的方法不能實行，轉彎抹角又不會有結果，我看我快要瘋了，該死的羅洛！」

意思：形容慌張或惱怒的樣子。

千鈞一髮

幸好在**千鈞一髮**之間，有人從後抓住了我，將我硬抱了出去！」

意思：比喻非常危險。

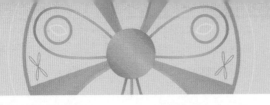
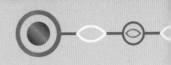

驚天動地

我們離建築物很近，真覺得**驚天動地**，消防官立刻拉着我跑開了十幾碼，我才喘着氣説：「謝謝你，幸虧有你，不然我一定死了！」

意思：形容聲勢極大。

無關痛癢

阮耀呆了一呆，「裏面的東西，説重要，當然十分重要，但是對其他人來説，卻**無關痛癢**。」

意思：指與自身利害沒有關係。

心亂如麻

我和阮耀都**心亂如麻**，一起回到了客廳。

意思：形容心緒紛雜如亂麻般毫無頭緒。

一語中的

「所以那個『吳慧』才會感到那樣驚訝和不可思議。」傑克**一語中的**。

意思：指一句話就説中事情的重點。

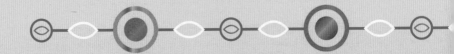

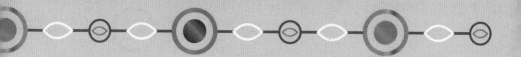

水落石出

傑克顯然和我有同一脾氣，對於一切怪異的事，不弄個**水落石出**是睡不着的，他拋開了一切公務，一直在阮耀的家中。

意思：比喻事情真相大白。

如釋重負

所有工人**如釋重負**，一起走了開去。

意思：好像放下了沉重的負擔。比喻責任已盡，身心輕快。

輕舉妄動

阮耀，你先不要**輕舉妄動**，我嘗試去聯絡這方面的專家，一定會找到既安全又管用的方法，去探索這無底深洞的秘密。

意思：形容行為不慎，舉止輕浮。

深不可測

我和好幾個著名的地質學家通了電話，他們一聽到我說吳家塘的地方，出現了一個**深不可測**，至少超過一千碼的洞穴時，都不約而同地斷言：「這是不可能的。」

意思：形容非常深遠，難以測知。

生死未卜

我心中亂到了極點，唐月海死於「心臟病猝發」，樂生博士死於「火災」，如今阮耀又進了那個深洞，**生死未卜**，真叫人感慨。

意思：不知是生或死。

當機立斷

我嘆了一口氣，**當機立斷**：「先將繩子全拉上來！」

意思：抓住時機，立刻作出決斷。

凶多吉少

按現在的情況推測，最大可能是在三千碼之後，還未到底，但阮耀卻不小心跌了下去，他可能再跌下幾百碼，甚至更深，那就**凶多吉少**了。

意思：形容事情的形勢不樂觀。

別無他法

每遲一分鐘，阮耀的生命就危險多一分，實在**別無他法**，我一定要立刻下去找他！

意思：指沒有其他的辦法。

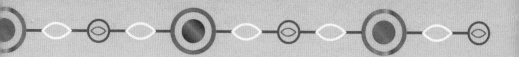

喜出望外

我實在有點**喜出望外**，連忙鬆開椅子上的皮帶，跳了下去，然後又對着對講機大叫：「上校，我已來到了洞底！」

意思：因意想不到的喜事而特別高興。

油盡燈枯

這是絕無理由的事，我檢查過電池是新的，至少能用二十四小時，但現在它已經**油盡燈枯**，完全發不出光芒了。

意思：油燒盡，燈火熄滅。比喻生命即將結束。

大喜過望

我又碰到了那人腰際的一個方形物體，**大喜過望**，那是一具無線電對講機，我幾乎可以肯定，這個人就是阮耀。

意思：因結果超過原本預期的，而顯得特別高興。

不可思議

但是，我卻見到了一些**不可思議**的東西。

意思：無法想像，難以理解。含有神祕奧妙，出乎常情之意。

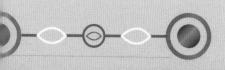

不由自主

我在黑暗之中，**不由自主**地移動着，等到靜止下來之後，我聽到了流水聲。

意思：由不得自己作主。表示無法控制自己。

衝口而出

「外太空！」我**衝口而出**。

意思：不經思考，一下子說出來。

面目全非

真想不到，航海這門職業有一點不好，就是你離開一處地方後，再回來時，往往已**面目全非**！

意思：完全不是原先的樣子。形容變化很大。

一頭霧水

吳子俊聽得**一頭霧水**，我站了起來說：「吳先生，這件事接着的發展，你是無論如何也料不到的。我想，我們兩人不應該單獨談，要不請一個人來一起談談？」

意思：比喻頭腦裏朦朧一片，無法明白。

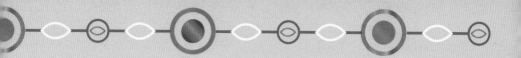

目瞪口呆

吳子俊認真地聽，一直等到我說完，他已震驚得**目瞪口呆**，聲音顫抖地說：「你的意思是……當年有外星人……駕駛太空船來地球，意外墜落吳家塘？」

意思：受驚或受窘以致神情癡呆的樣子。

富甲天下

而阮耀的曾祖父膽量比較大，留了下來，甚至遇到了外星人，這些外星人告訴了他一些致富的知識，使阮家瞬間就**富甲天下**了。

意思：形容財富極多，冠絕天下。

巧取豪奪

吳子俊點了點頭，卻咬着牙說：「你的推測也很合理，不過，我曾祖父是自願出讓土地，還是有人乘人之危，**巧取豪奪**，也很難說。」

意思：形容不擇手段的奪取權、財。

胡說八道

「你這麼說是什麼意思？」阮耀很憤怒，「都是羅洛不好！撕掉了日記內容，又要我們把他的東西燒了，沒有了證據，讓人可以**胡說八道**！」

意思：沒有根據地亂說。

衛斯理系列 少年版 23
地圖 下

作　　　　者：衛斯理（倪匡）

文 字 整 理：耿啟文

繪　　　　畫：鄺志德

助 理 出 版 經 理 ：周詩韵

責 任 編 輯：陳珈悠

封 面 及 美 術 設 計：BeHi The Scene

出　　　　版：明窗出版社

發　　　　行：明報出版社有限公司

　　　　　　香港柴灣嘉業街 18 號

　　　　　　明報工業中心 A 座 15 樓

電　　　　話：2595 3215

傳　　　　真：2898 2646

網　　　　址：http://books.mingpao.com/

電 子 郵 箱：mpp@mingpao.com

版　　　　次：二〇二二年四月初版

I S B N：978-988-8688-37-1

承　　　　印：美雅印刷製本有限公司